Un montón de
BEBéS

A LA
ORILLA
DEL VIENTO

Primera edición en inglés,   1983
Primera edición en español,   1994
  Undécima reimpresión,   2010

Impey, Rose
  Un montón de bebés. (La camada más grande del mundo)
/ Rose Impey ; ilus. de Shoo Rayner ; trad. de Ernestina Loyo.
— México : FCE, 1994.
  56 p. : ilus. ; 19 × 15 cm — (Colec. A la Orilla del Viento)
  Título original Too Many Babies. The Largest Litter in the
World
  ISBN 978-968-16-4496-3

  1. Literatura Infantil I. Rayner, Shoo, il. II. Loyo, Ernestina,
tr. III. Ser. IV. t.

LC PZ7   Dewey 808.068 I642v

Distribución mundial

Título original: *Too Many Babies. The Largest Litter in the World*
© 1983, Rose Impey (texto), © 1983, Shoo Rayner (ilustraciones)
Publicado por Orchard Books, Londres
ISBN 1-85213-451 (PD), ISBN 1-85213-452-6 (R)

D. R. © 1994, Fondo de Cultura Económica
Carretera Picacho-Ajusco, 227; 14738 México, D. F.
www.fondodeculturaeconomica.com
Empresa certificada ISO 9001: 2000

Editor: Daniel Goldin
Diseño: Joaquín Sierra, sobre una maqueta de Juan Arroyo

Comentarios: librosparaninos@fondodeculturaeconomica.com
Tel. (55)5449-1871 Fax (55)5449-1873

ISBN 978-968-16-4496-3

Impreso en México • *Printed in Mexico*

Un montón de
BEBéS

La camada más grande del mundo

ROSE IMPEY

ilustrado por

SHOO RAYNER

traducción

ERNESTINA LOYO

FONDO
DE CULTURA
ECONÓMICA

(*Los tenrecs son unas pequeñas criaturas
parecidas a las musarañas y viven en cuevas en Madagascar.
Sus camadas son muy numerosas.)

❖ LA SEÑORA Sincola era una tenrec.*
Estaba agotada.
Era como la anciana
que vivía en un zapato
(sólo que ella vivía en una cueva).
La señora Sincola tenía tantos hijos
que no sabía qué hacer.
Tenía treinta y un bebés.

Treinta y un bocas que alimentar.
Treinta y un caras que lavar.

Treinta y un bebés
que acostar cada noche.
Y la señora Sincola tenía que hacer todo
ella sola.

También había un señor Sincola, por supuesto.
Pero él no sabía de bebés.
El señor Sincola era maestro.
Sabía todo sobre niños.
En su clase en la escuela
tenía treinta y un niños.
Pero no sabía de bebés.

El señor Sincola le dijo a su esposa
que debería enseñar a los bebés
a leer,

a contar hasta diez,

a decir la hora

a escribir sus nombres.

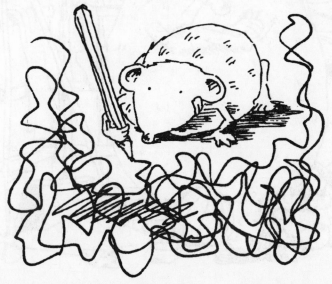

Pero la pobre señora Sincola estaba muy ocupada como para enseñarles algo.

Un día le dijo a su marido:
—Cuidar bebés es un trabajo muy pesado.
El señor Sincola respondió:
—No tanto como enseñar, querida.

—Tal vez deberíamos cambiar
por un día —dijo la señora Sincola —. Así
veremos cuál trabajo es más pesado.
—Muy bien —respondió su marido.
Y eso fue lo que hicieron

A la mañana siguiente, muy temprano,
La señora Sincola se fue a trabajar.
El señor Sincola se quedó en la cama.
Esperaba tener un día tranquilo y agradable.

De repente escuchó un ruido. ¡Pum!
Luego otro. ¡Pum!
Y otro.
¡Pum! ¡Pum! ¡Pum!

Los bebés habían despertado.
Se bajaron de la cama
y rodaban las escaleras
como bolos de boliche.

El señor Sincola los levantó
y los puso de vuelta en la cama.
Subió y bajó las escaleras
quince veces.
Se había quedado sin aliento.

—Ahora —dijo el señor Sincola,
nadie debe bajarse de la cama,
hasta que yo lo diga.

Pero los bebés siguieron bajándose
de las camas y rodando las escaleras.
Por fin el señor Sincola se dio por vencido.

Ya había pasado la hora del desayuno.
Los bebés tenían hambre.
El señor Sincola preparó
una gran olla de avena.

Puso a los bebés en sus sillas.
A cada uno le dio una cuchara.
Los bebés golpearon con las cucharas.
El ruido era terrible.
—Silencio. A callar ahora mismo
—gritó el señor Sincola.

Pero los bebés se estaban divirtiendo en grande
y continuaron golpeando.
El señor Sincola les quitó las cucharas.
Los bebés comenzaron a llorar.
El ruido era terrible.

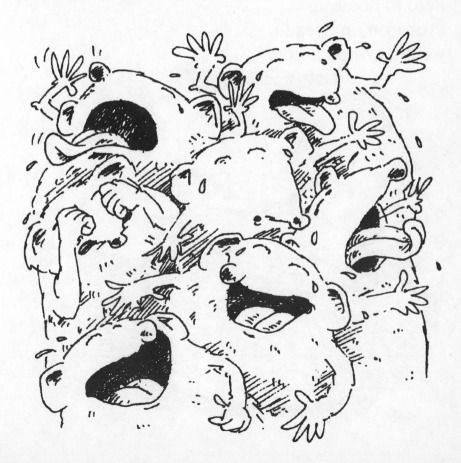

El señor Sincola percibió un olor.
La avena se estaba quemando.
Mezcló bien la parte quemada.
El señor Sincola pensó que los bebés
no lo notarían.
Pero lo notaron.
Probaron un bocado
y comenzaron a llorar.

Uno o dos arrojaron su avena
Luego todos los demás los imitaron.
El señor Sincola no podía creerlo.
Les quitó la avena.
Los bebés comenzaron a llorar otra vez.

Ahora estaban cubiertos de avena
El señor Sincola tenía que bañarlos.
Llenó la tina.
Bajó a los bebés de sus sillas
y los formó en fila.
—¡Quédense ahí! —les ordenó.

Pero los bebés no sabían nada de filas.
Algunos se metieron en la tina.
Otros se subieron a los muebles.
Otros se revolcaron en el piso.
Había avena por todos lados.

El señor Sincola puso a cada uno
de vuelta en su silla.
Estaba agotado
y ni siquiera era la hora del recreo.

Se sentó a descansar.
"Por fin, paz", pensó.
Pero eso duró poco.
Los bebés estaban aburridos
 y lloraron otra vez.

El señor Sincola pensó en leerles un cuento.
Era *La historia del conejo Rabito*.
Comenzó a leer.
Pero los bebés no sabían nada de conejos.

No sabían nada de frijoles ni rábanos.
No sabían de cuentos.
Ni siquiera podían ver las ilustraciones.
Los bebés trataron de bajar de sus sillas.
Por fin el señor Sincola se rindió.

El señor Sincola había sido maestro
durante veinte años.
Nunca había tenido un grupo tan difícil.

Decidió llevar a los bebés de paseo.
Los puso en su cochecito.
Era una carriola especial.
Cargaba a los treinta y un bebés.

Ahora el señor Sincola se sintió contento.
"Iremos al parque", pensó.

"Los bebés pueden hacer algo de ejercicio.
Se cansarán.
Tal vez se duerman después."

El señor Sincola esperaba poder dormir también.

Empujó a los bebés en la carriola.
Era un largo camino, cuesta abajo.

Había mucho espacio
en medio del parque.
"Los bebés estarán bien aquí", pensó.
Los bajó de la carriola.
—Ahora, todos deben estar
donde yo los pueda ver —advirtió.

Pero los bebés desaparecieron
rápidamente.

Encontraron árboles para treparse.

Encontraron agujeros donde meterse.

Encontraron porquerías para comer.

Encontraron buenos escondites.
Le tomó horas encontrarlos a todos otra vez.

A los bebés les gustó el parque.
No querían volver a casa.
Comenzaron a llorar.
El ruido era terrible.

El camino de regreso era largo.
Todo cuesta arriba.
A los bebés no les importó.
Durmieron todo el camino.
Pero el señor Sincola estaba agotado.

Cuando llegaron a casa
los bebés despertaron.
Habían dormido apaciblemente.
Ahora tenían hambre.
Pero el señor Sincola no había preparado
nada para el almuerzo.
Los bebés comenzaron a llorar.
El señor Sincola también quería llorar.

"Los bebés son un trabajo muy duro",
pensó, "más que los niños".
Mañana estaría contento
de regresar a la escuela.

Puso a los bebés en sus sillas
y a cada uno le dio una galleta.
Se sentó en su silla
y se quedó dormido.

La señora Sincola regresó pronto.
Había tenido un día encantador.
Los niños estuvieron felices
por tener una nueva maestra.
Les gustó oír historias
sobre los treinta y un bebés.
Y todas las travesuras que hacían.

Pero la señora Sincola
había extrañado a sus bebés.
No le gustaría
dejarlos *todos* los días.

—No, un día a la semana,
sería agradable —dijo—.
Después de todo, un cambio
es tan bueno como un descanso.
Pero el señor Sincola estaba muy ocupado
descansando, como para decir algo. ❖

Un montón de bebés.
(La camada más grande del mundo), de Rose Impey,
núm. 55 de la colección A la Orilla del Viento,
se terminó de imprimir y encuadernar en mayo de 2010
en Impresora y Encuadernadora Progreso, S. A. de C. V. (IEPSA),
Calzada San Lorenzo, 244; 09830 México, D. F.
El tiraje fue de 3 000 ejemplares.

para los que están aprendiendo a leer

El invisible director de orquesta
de Beatriz Doumerc
ilustraciones de Áyax y Mariana Barnes

El Invisible Director de Orquesta estira sus piernas y extiende sus brazos; abre y cierra las manos, las agita suavemente como si fueran alas… Y ahora, sólo falta elegir una batuta apropiada. A ver, a ver… ¡Una vara de sauce llorón, liviana, flexible y perfumada! El director la prueba, golpea levemente su atril minúsculo y transparente… ¡Y comienza el concierto!

Beatriz Doumerc nació en Uruguay. Ha publicado, tanto en España como en América Latina, más de 30 títulos. En la actualidad reside en España.

Loros en emergencias
de Emilio Carballido
ilustraciones de María Figueroa

**La portezuela del avión tardó un poco en abrirse.
Adentro daban las instrucciones en tres idiomas:**
—Rogamos a los pasajeros que permanezcan en su
lugar hasta que la nave esté inmóvil. Manténganse en
su asiento y dejen salir en primer término a loros,
guacamayas y periquitos.
"¿Y yo qué?", **pensaba el pájaro carpintero.
Nadie lo había advertido y él era, de algún modo,
el responsable de la situación.
Esta historia había empezado mucho antes en la
selva de Tabasco…**

*Emilio Carballido, dramaturgo, novelista y cuentista, es
una de las figuras más vitales de la literatura mexicana
contemporánea. Ha publicado en esta colección* **La historia
de Sputnik y David** *y* **Un animal nube.**

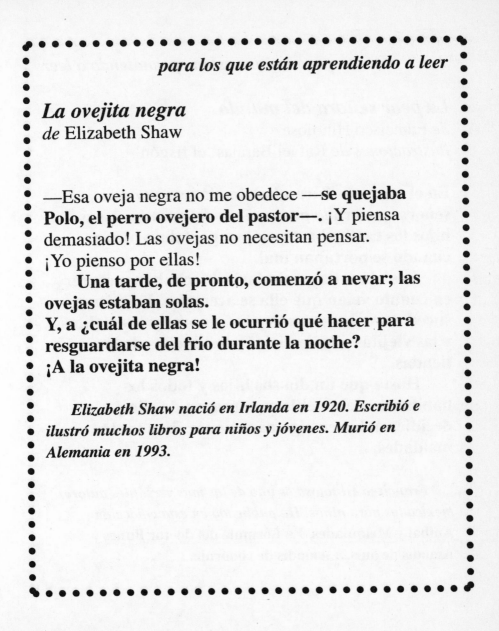

La ovejita negra
de Elizabeth Shaw

—Esa oveja negra no me obedece —**se quejaba Polo, el perro ovejero del pastor**—. ¡Y piensa demasiado! Las ovejas no necesitan pensar. ¡Yo pienso por ellas!
   Una tarde, de pronto, comenzó a nevar; las ovejas estaban solas.
Y, a ¿cuál de ellas se le ocurrió qué hacer para resguardarse del frío durante la noche?
¡A la ovejita negra!

   Elizabeth Shaw nació en Irlanda en 1920. Escribió e ilustró muchos libros para niños y jóvenes. Murió en Alemania en 1993.

para los que están aprendiendo a leer

La peor señora del mundo
de Francisco Hinojosa
ilustraciones de Rafael Barajas 'el fisgón'

En el norte de Turambul, había una vez una señora que era *la peor señora del mundo*. A sus hijos los castigaba cuando se portaban bien y cuando se portaban mal.

Los niños del vecindario se echaban a correr en cuanto veían que ella se acercaba. Lo mismo sucedía con los señores y las señoras y los viejitos y las viejitas y los policias y los dueños de las tiendas.

Hasta que un día sus hijos y todos los habitantes del pueblo se cansaron de ella y decidieron hacer algo para poner fin a tantas maldades.

Francisco Hinojosa es uno de los más versátiles autores mexicanos para niños. Ha publicado en esta colección Aníbal y Melquiades, La Fórmula del doctor Funes *y* Amadís de anís… Amadís de codorniz.